Mes petites énigmes

De la 5e
à la 4e

JEUX ET ÉNIGMES en ANGLAIS

Auteur
Suzanna Robinson

Illustrateur
Frédéric Joos

hachette
ÉDUCATION

Couverture (conception et réalisation) : Hung Ho Thanh
Illustrations de couverture : Coralie Vallageas
Mise en pages : Ella

ISBN : 978-2-01-714812-8
www.parascolaire.hachette-education.com

Achevé d´imprimer en mars 2023 en Espagne par Grafo
Dêpot légal : Avril 2022 - Édition 02 - 15/2378/3

Sommaire

BD Enquête

Énigmes et mystères

Solutions

At the Baker's

Chez le boulanger

Décode ce que disent ces personnages, en avançant chaque lettre d'une place dans l'ordre alphabétique. Le A devient B, le B devient C... et le Z devient A. Écris les phrases sur les lignes.

What a Team!

Quelle équipe !

- Alors, comment s'est passé votre match ?
- Bien, on a gagné !

- Oui, on s'est fait une passe.
- J'ai envoyé le ballon à Lucas.

- Ensuite, Mike l'a récupéré.
- Puis Paul l'a passé à Louis.

- Alex l'a passé à Harry.
- Brian l'a donné à Carl.

Suis attentivement ce qu'il se passe dans cette BD. Observe chaque scène et trouve les indices pour élucider ce mystère.

- Pour finir, Cole l'a passé à James...
- ...Qui a marqué le but !

- Arrêtez là ! Votre match me semble très étrange...

Et toi, que penses-tu de ce match ?

At the Restaurant

Au restaurant

Trouve qui parle avec qui, en reliant les personnages deux par deux.

Nationalities
Nationalités

Trouve les réponses aux questions et entoure les lettres correspondantes.

Découvre le pays d'origine de Sean en complétant sa phrase avec les lettres que tu as trouvées.

1 - An American comes from :
J - The USA
K - Egypt
L - Scotland

2 - Irish people live in :
A - Ireland
E - Poland
I - Vietnam

3 - Where are you from when you are Finnish?
M - Sweden
N - Russia
P - Finland

4 - What's your nationality if you are from Mexico?
Z - Argentinian
A - Mexican
B - Peruvian

5 - I am Chinese, I live in... :
L - India
M - Portugal
N - China

Friends

Les amis

Observe et trouve l'ombre qui correspond exactement à chaque personnage pour compléter sa phrase.

MANY

MUCH

MUCH

A LOT OF

MUCH

A LOT OF

Present

Cadeau

Aide John à compléter la proposition de chaque carrefour. Si tu fais le bon choix, il sera sur le chemin pour récupérer son chapeau.

A Noise in the Night

Un bruit dans la nuit

Ouvre l'œil pour remettre ces scènes dans le bon ordre. Numérote les cases et écris les lettres correspondantes sur les tirets, tu découvriras pourquoi cette femme part à l'hôpital en pleine nuit.

Aide-les à taper le bon code pour ouvrir la grille. Il est composé des 5 chiffres que tu as notés, dans l'ordre des cases. _ _ _ _ _.

Football

Football

Découvre qui va aller tirer le pénalty en suivant les déclarations, sachant que chaque joueur dit la vérité.

Wrong Direction

Mauvaise direction

- Qu'est-ce que tu as fait pendant tes vacances ?

- Je suis allé à Londres.

- Qu'est-ce que tu as visité ?
- Je vais te montrer mes photos.

- J'étais sur le London Eye.
- Waouh, tu as de la chance !

Suis attentivement ce qu'il se passe dans cette BD. Observe chaque scène et trouve les indices pour élucider ce mystère.

- Regarde, j'attendais un bus londonien, tu sais les rouges.

- Je crois que tu as attendu longtemps... et il n'est jamais venu !

Et toi, qu'en penses-tu ?

Mobile Phone

Téléphone portable

Suis le chemin de chaque personnage et relève les lettres sur leur passage pour compléter les phrases. À qui est ce téléphone portable ?

At the Concert

Au concert

Décode ce que disent ces personnages, en superposant leurs bulles qui se complètent. Écris les lettres sur les tirets.

The Living Room

Le salon

Observe ce salon et écris sur les tirets l'objet qui correspond à chaque description.

1 - The cat sleeps on it. The _ _ _ _ _ _ _ _ _ _ .

2 - You put your books on it. The _ _ _ _ _ _ _ _ _ _ _ _ _ _ .

3 - You watch films on it. The _ _ .

4 - You can sit on it. The _ _ _ _ _ _ _ _ _ _ _ _ .

5 - You can change channels with it. The _ _ _ _ _ _ _ _ _ _ _ _ _ _ _ _ _ .

6 - The dog likes to sleep on it. The _ _ _ .

My Head

Ma tête

Découvre ce que va faire Robert en écrivant les mots numérotés dans la grille.

Aide Robert à finir sa phrase en écrivant le mot que tu as trouvé verticalement.

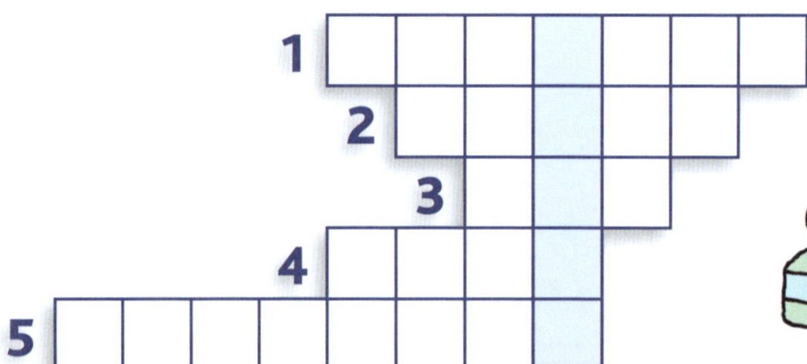

Clothes

Les vêtements

Découvre ce que Carla cherche en reliant les noms des vêtements dans l'ordre alphabétique.

Décode sa phrase en remplaçant chaque nombre par la lettre qui correspond dans l'alphabet. One = A. Two = B. Three = C...

Homework

Les devoirs

- Je n'ai pas envie de faire mes devoirs.

- Tu n'as pas le choix, demain tu as un contrôle.

- Ok, je vais travailler une heure et après je ferai une pause.

- Alors, comment se passent tes révisions ?

Suis attentivement ce qu'il se passe dans cette BD. Observe chaque scène et trouve les indices pour élucider ce mystère.

- Bien, je révise mon histoire.

Et toi, qu'en penses-tu ?

- Je crois que je vais t'aider, ce sera mieux.

Special Days

Des jours particuliers

Trouve les réponses aux questions et entoure les lettres correspondantes.

Découvre ce que l'on fait pour le Red Nose Day, en complétant la phrase de Sue avec les lettres que tu as trouvées.

1. La fête des amoureux c'est :
M - « Valentine's Day »
N - « Red Nose Day »
S - « Guy Fawkes Night »

2. Le jour de « April Fool's Day », tout le monde...
E - fait la vaisselle
O - fait des blagues
U - joue de la musique

3 - Pour fêter « Easter Day » tout le monde mange...
L - des hamburgers
M - de la salade
N - des œufs en chocolat

4 - Le jour de « Red Nose Day » tout le monde ressemble à un :
E - Clown
I - Policier
O - Pompier

5 - Pour fêter « Guy Fawkes Night » on regarde dans le ciel...
A - les étoiles
U - les mouettes
Y - des feux d'artifice

Bad Grades

Mauvaises notes

Trouve les lettres manquantes dans cette grille. Il doit toujours y avoir les lettres A, C, E, G, L, O, P, S et U sur chaque ligne, chaque colonne et dans chaque bloc de 9 cases.

Découvre pourquoi Clint et Cynthia sont en cours cet été, en complétant la phrase avec les lettres des cases colorées.

U	A				L		C	P
S		G	E			A	L	
	O		P	A	S	G		E
	U			L	E	O		
E	S	O	A	P		L		
		P		G	O	E	S	C
O				U	P		E	
	C	S		E			A	L
L	E		C		A	P	O	

On the Menu

Sur le menu

Découvre ce que Blake n'a pas mangé ce midi en complétant la grille avec les plats du menu du jour. Un seul aliment n'entre pas dans la grille, c'est ce qu'il n'a pas choisi.

Aide Blake, qui appelle le serveur, en complétant la phrase avec les lettres que tu as écrites dans les cases colorées.

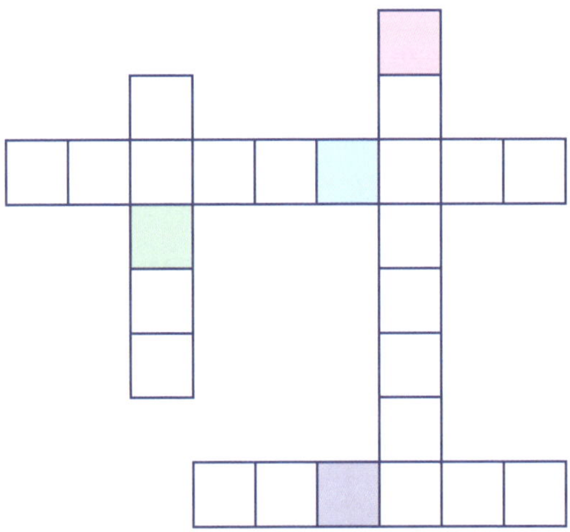

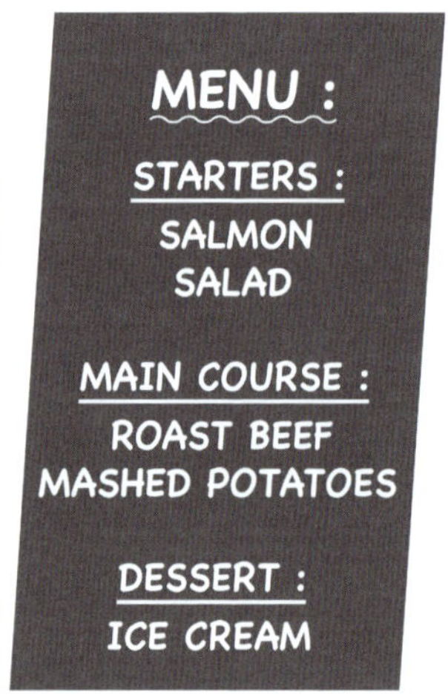

The Winner

Le gagnant

Mène l'enquête et découvre qui a gagné à la loterie en lisant attentivement les descriptions. Complète la bulle du personnage et relie le vainqueur au billet de loterie.

The winner is smaller than her.
The winner is not bigger than them.
The winner is as pretty as the next girl.
The winner is less sad than the next girl.

1 BOB

2 LISA

3 TED

4 NIKKY

5 RITA

The Clothes Shop

Le magasin de vêtements

Décode ce que disent ces personnages en barrant une lettre sur deux.

At the Station

À la gare

Observe et trouve à qui appartient chaque bulle. Relie le bon texte à la bonne personne.

Collectors Cars

Voitures de collection

- Waouh ! C'est ta voiture ?
- Oui, une voiture de collection !

- Elle a l'air ancienne. Elle consomme beaucoup d'essence ?

- Environ dix litres pour cent kilomètres...

- ...et le réservoir contient trente litres.

Suis attentivement ce qu'il se passe dans cette BD. Observe chaque scène et trouve les indices pour élucider ce mystère.

- Juste assez pour faire quatre-cents kilomètres pour rejoindre la plage.

- Ou pour tomber en panne...

Et toi, qu'en penses-tu ?

Sports in the USA

Les sports aux États-Unis

Découvre ce dont a besoin ce sportif. Barre les ballons qui permettent d'écrire les sports qui se trouvent sur les affiches. Avec les lettres des deux ballons restants, complète la bulle du joueur.

At the Cinema

Au cinéma

Observe et trouve l'ombre qui correspond exactement à chaque personnage pour écrire ce qu'il peut ou ne peut pas faire.

At the Skating Rink

À la patinoire

Ouvre l'œil pour remettre ces scènes dans le bon ordre. Numérote les cases et écris les lettres correspondantes dans la bulle du personnage pour compléter sa dernière phrase avec deux fois le même mot.

At the Swimming Pool
À la piscine

Aide Abby à compléter la proposition de chaque carrefour. Si tu fais le bon choix, elle sera sur le bon chemin pour trouver sa serviette.

At the Picnic

Au pique-nique

Mène l'enquête pour comprendre ce que fait réellement chaque personnage. Remplace chaque verbe en couleur par le bon verbe qui se trouve dans une autre bulle. Écris-les sur les tirets.

At the Campsite

Au camping

Décode ce que disent ces personnages en remplaçant les nombres par les lettres qui correspondent dans l'alphabet : 1 = A, 2 = B... Écris les mots que tu trouves sur les tirets.

Wet!

Mouillé !

- *Est-ce que je peux faire quelque chose ?*
- *Oui, peux-tu faire la lessive ?*

- *D'accord, je vais le faire.*

Une heure plus tard.
- *Demain matin tout le linge sera sec.*

Le lendemain matin.
- *Oh ! Le linge est mouillé ! Lola viens voir !*

Suis attentivement ce qu'il se passe dans cette BD. Observe chaque scène et trouve les indices pour élucider ce mystère.

- Je crois que quelqu'un m'a fait une mauvaise blague.

Et toi, qu'en penses-tu ?

- Je ne pense pas. En tout cas, ce n'est pas moi.

Left or Right?

À gauche ou à droite ?

Observe et trouve à qui appartient chaque bulle. Relie le bon texte à la bonne personne.

A Big Family

Une grande famille

Découvre le mot vertical en écrivant les mots colorés dans la grille. Aide-toi du nombre de lettres de chaque mot.

Aide Rita à terminer sa phrase avec le mot que tu as trouvé verticalement.

The Canadian Arctic

L'arctique canadien

1 - How many Inuits do you see?

There are ________ Inuits.

2 - Is there a fisherman?

________, there ________ .

3 - How many dogs does the hunter have?

He has ________ dogs.

4 - Which is the biggest, the polar bear or the Arctic fox?

The __________ is the biggest.

5 - Is there someone in the igloo?

________, there ________ .

6 - Which is the smallest, the caribou or the wolf?

The ________ is the smallest.

Observe bien cette scène et complète chacune des réponses.

We Speak English

On parle anglais

Trouve les réponses aux questions et entoure les lettres correspondantes.

Découvre une des anciennes colonies anglaises en complétant la phrase de ce personnage avec les lettres que tu as trouvées.

1. Les îles britanniques se composent de :
I - The United Kingdom and the Republic of Ireland
J - Scotland and India
K - New Zealand and Ottawa

2. Quelle langue parle-t-on en Écosse ?
M - French
N - English
P - Irish

3 - Quelle est la capitale des États-Unis ?
B - Los Angeles
D - Washington
F - London

4 - Quelles langues sont parlées au Canada ?
I - English and French
O - French and German
U - German and English

5 - Quelle est la capitale de l'Australie ?
A - Canberra
B - Paris
C - New York

Good Fishing!

Bonne pêche !

Décode les questions de ces enfants en remplaçant les symboles par les lettres correspondantes. Écris les mots que tu trouves sur les tirets.

Grille de décodage :

A E D H I M N O R U W Y

Prehistory

La préhistoire

- Qu'est-ce que tu as fait le week-end dernier ?
- J'ai visité les grottes de Lascaux.

- Super ! Est-ce que les peintures sont belles ?

- Oh oui, il y avait un cheval magnifique.
- Waouh !

- J'ai vu aussi un cerf, un dinosaure, des félins...
- Ah bon ?

Suis attentivement ce qu'il se passe dans cette BD. Observe chaque scène et trouve les indices pour élucider ce mystère.

- Et, j'ai adoré les aurochs ! Je crois que tu aurais adoré.

Et toi, qu'en penses-tu ?

- Je crois que tu devrais réviser ta préhistoire.

The Lie

Le mensonge

Mène l'enquête et trouve celui qui a renversé le pot de peinture. C'est le seul personnage qui ne dit pas la vérité. Entoure l'indice qui t'a permis de le démasquer.

The London Eye
L'œil de Londres

Trouve les lettres manquantes dans cette grille. Il doit toujours y avoir les lettres A, E, G, I, M, N, R, T et Z sur chaque ligne, chaque colonne et dans chaque bloc de 9 cases.

Découvre ce que ressent Kate qui est dans le London Eye, en complétant sa phrase avec les lettres des cases colorées.

	N	T	I	R			G	Z
	R	I	N		M		T	
M		G	A				R	N
E	A				I	R	M	
		N		M	G			A
T	G			E			Z	I
N	T	E		I	Z	G		R
		R			N		I	
I	Z	A	G	T		E		M

The USA

Les États-Unis

Trouve la bonne réponse à chaque question et entoure les lettres correspondantes.

Découvre le nom de cette vallée en complétant la phrase du vautour avec les lettres que tu as trouvées.

1. Dans quel état trouve-t-on un climat arctique ?
D - Alaska
F - California
H - Texas

2. Où est Central Park ?
A - Dallas
E - New York
I - Honolulu

3 - Quel est le symbole de New York ?
A - An apple
B - A pineapple
C - An orange

4 - Los Angeles est face à... :
R - The Atlantic Ocean
S - The Indian Ocean
T - The Pacific Ocean

5 - Quel est le nombre d'habitants des États-Unis ?
F - Less than 2 million people
H - More than 3 million people
L - More than 4 million people

My Car
Ma voiture

Suis le chemin de chaque personnage et relève les lettres sur leur passage pour compléter les phrases.

Football Match

Match de foot

Observe et recompose ces phrases d'après la forme des déchirures de chaque étiquette et de leur couleur.

....	....	....
....	....	....

On the TV
À la télévision

Découvre ce que Dustin n'aime pas regarder en écrivant les mots des DVD dans la grille. Un mot-mystère apparaîtra verticalement.

Aide Dustin à finir sa phrase en écrivant le mot que tu as trouvé.

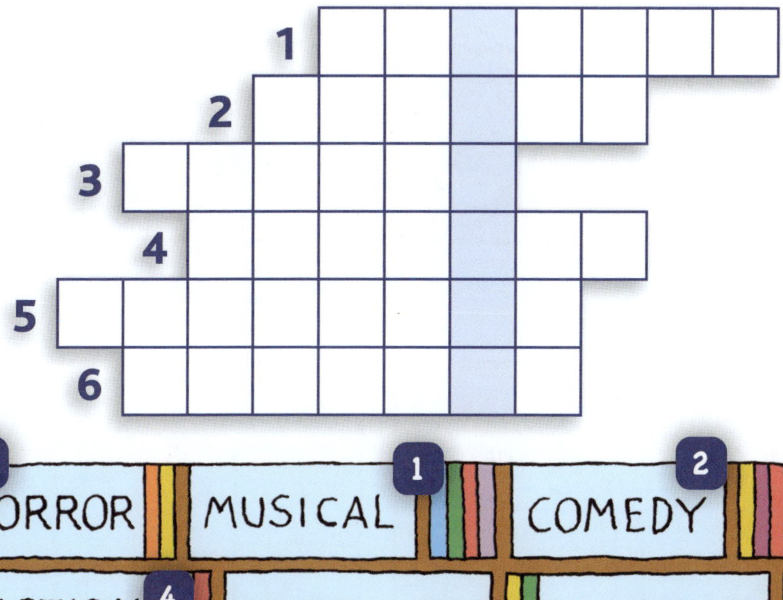

It's Bath Time!

C'est l'heure du bain !

- C'est l'heure de ton bain.
- Oh non, je n'ai pas envie.

- Si, si, tu seras tout propre après.

- Je te laisse faire tout seul, je vais préparer le repas.

Un peu plus tard.
- Maman, j'ai fini !

Suis attentivement ce qu'il se passe dans cette BD. Observe chaque scène et trouve les indices pour élucider ce mystère.

- Es-tu sûr d'avoir pris un bain ?
- Oui, viens voir.

Et toi, qu'en penses-tu ?

- Je vois surtout que tu n'as pas pris de bain !

A Good Evening

Une bonne soirée

Décode ce que Flora raconte sur sa soirée d'hier en lisant chaque mot à l'envers, c'est-à-dire de droite à gauche. Écris ses phrases sur les lignes.

yadretseY, I did ym krowemoh.

I dehctaw eht VT.

retaL, I decnad ta eht ytrap.

dnA I detnaw ot peels, tub eht ytrap saw oot ysion.

Bicycles

Les vélos

Observe cette scène et écris sous chaque personnage le numéro de la question qui le concerne.

1 - He can't ride his bike, can he?

2 - Her bike is bigger than theirs, isn't it?

3 - He hasn't got a bike, has he?

4 - She has painted her bike red, hasn't she?

Tourism in Great Britain

Tourisme en Grande-Bretagne

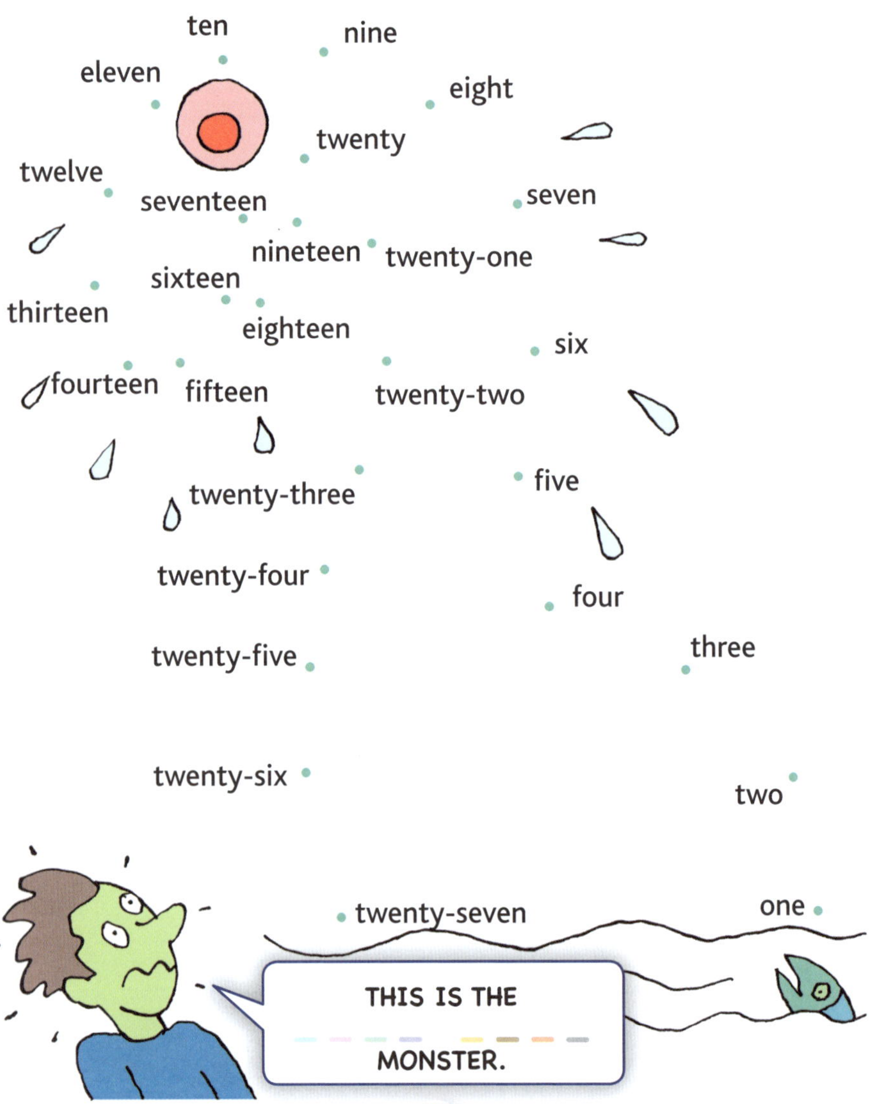

Découvre pourquoi Jerry est si surpris en reliant les points dans l'ordre croissant : one, two, three...

Mène l'enquête et complète la grille avec les noms des lieux touristiques qui portent un numéro sur les cartes postales. Écris les lettres des cases colorées dans la bulle de Jerry et découvre le nom de ce personnage mystérieux.

4

1

2

3

True or False?

Vrai ou faux ?

Trouve si les propositions sont vraies ou fausses et entoure les lettres correspondant à tes réponses.

Découvre l'âge du grand-père de Jenny en complétant sa phrase avec les lettres que tu as trouvées.

1. One thousand = 1 000
   S : True F : False

2. Two hundred and fifty = 350
   A : True I : False

3 - One thousand six hundred and seventy = 1 670
   X : True N : False

4 - One million = 1 000 000
   T : True H : False

5 - Eight hundred and ninety nine = 894
   E : True Y : False

The Compass
La boussole

Ouvre l'œil pour trouver la destination de Joey. Place ton crayon sur la croix qui représente Joey. Suis les déplacements indiqués sur l'écran sachant que chaque case correspond à un pas. Complète la phrase avec le nom du magasin où il va.

JOEY IS GOING TO THE

____

A Tourist Trap

Un piège à touriste

- J'adore les brocantes.

- Parfois j'espère trouver un trésor.

- Regarde, ce papyrus est magnifique.
- Oui, et il est authentique.

- Oh, il doit être cher.
- Évidemment, mais on peut négocier.

Suis attentivement ce qu'il se passe dans cette BD. Observe chaque scène et trouve les indices pour élucider ce mystère.

- C'est dommage, je ne sais pas lire ces dessins.

Et toi, qu'en penses-tu ?

- Je crois que les dessins disent :
Je suis un faux papyrus !

My Week

Ma semaine

Découvre quel jour Arnold cuisine avec sa sœur en écrivant un jour de la semaine au début de chaque phrase. Pour écrire le bon jour, remets les lettres dans l'ordre. Avec les lettres des cases colorées, tu pourras compléter la phrase d'Arnold.

Organise ce planning en numérotant les jours dans le bon ordre.

◯ seaydnWed _ _ _ _ _ _ _ _ _, I eat at the fast food restaurant.

◯ daTyues _ _ _ _ _ _ _, I go to the gym.

◯ ayoMnd _ _ _ _ _ _ , I go horse riding.

◯ ushdTary _ _ _ _ _ _ _ _, I play tennis.

◯ uaySardt _ _ _ _ _ _ _ _, I visit my grandmother.

◯ rdaFiy _ _ _ _ _ _, I watch a film.

Holidays

Les vacances

Décode ce que disent Charles et Cassie en rayant une lettre sur deux… Écris les phrases de leur conversation sur les lignes.

AWUIOLML RWAEF GLO POINR HIOMLAIRDPADYM TAHPIRS TSIULMOMAEOR?

____
____
____

OYLEAS, MAYNOD AWNE OWNIELRL MAULISTON GTO ASEKMILIONBGT IPNE TAHIEL WOIBNATOEPR!

____
____
____
____

Head in the Clouds

La tête dans les nuages

Observe et recompose ces phrases d'après la forme des déchirures et les couleurs des étiquettes.

Complète les bulles des personnages en écrivant les phrases que tu as trouvées.

forget won't my

backpack. ever I

your won't And coat

either? ever you forget

....

....

....

....

....

Activities

Les activités

Observe bien ces personnages et trouve l'activité qui leur correspond. Écris les bons mots dans chaque phrase.

How are You?

Comment ça va ?

Aide Félix à compléter la proposition de chaque carrefour. Si tu fais le bon choix, il sera sur le bon chemin pour aller souffler ses bougies et retrouver le sourire.

Books
Les livres

Trouve la bonne réponse à chaque proposition et entoure les lettres correspondantes.

Découvre l'auteur du prochain livre que va lire Jenny en complétant sa phrase avec les lettres que tu as trouvées.

1. Qu'est-ce qui protège les pages d'un livre ?
R - The cover
S - The bed
T - The pillow case

2. Que trouve-t-on dans un livre ?
M - Towel
N - Pens
O - Pages

3 - Où achète-t-on un livre ?
A - At the book shop
B - At the doctor's
C - At the chemist

4 - Qu'est-ce qu'on fait avec un livre ?
K - We eat it
L - We read it
M - We drive it

5 - Qu'est-ce qu'on trouve dans un livre ?
I - Socks
J - Shorts
D - Stories

Australian Animals

Les animaux d'Australie

Découvre avec quel animal Bob s'est pris en selfie en complétant la grille avec les mots qui portent un numéro. Complète sa phrase avec les lettres que tu as écrites dans les cases colorées.

Page 5
At the Baker's
1 - Can I have some bread please?
2 - Yes, do you want a baguette?
3 - Can I have a cake for my snack?
4 - No, you can have some biscuits.

Pages 6-7
What a Team!
Il y a trop de joueurs dans cette équipe ! Ils devraient être onze, pas douze.

Page 8
At the Restaurant
Do you want some water?
No, can I have some orange juice please?
Have you got any pasta on the menu?
There is no pasta today, only pizza.
Can I have some salt please?
Why? You never have any salt.

Page 9
Nationalities
I am from Japan.

Page 10
Friends
I have many friends at school.
Paul doesn't have a lot of friends.
I like my friends very much.

Page 11
Present
He is happy.
He has got a hat.
It is John's hat.

Page 12
A Noise in the Night
She is a nurse. 3 - 5 - 4 - 1 - 2.

Page 13
Football
Le joueur 7 va tirer le pénalty. Le joueur 1 est fatigué. Le joueur 9 pense que les autres sont meilleurs que lui. Le joueur 3 pense qu'un autre joueur est plus chanceux que lui. Le joueur 7 dit que les autres joueurs ont peur de rater le but. Le joueur 2 est blessé.

Pages 14-15
Wrong Direction
La voiture sur la photo roule à droite alors qu'en Angleterre on roule à gauche. Et le volant n'est pas du bon côté de la voiture.

Page 16

Mobile Phone

Il est à la fille.

1 - Le garçon : It's not mine.

2 - La fille : It's my mobile phone.

3 - Le garçon : It's hers.

Page 17

At the Concert

1 - I am the best!

2 - It's the worst music!

3 - He is the noisiest drummer!

Pages 18-19

The Living Room

1 - The cushion.

2 - The bookshelf.

3 - The TV.

4 - The armchair.

5 - The remote control.

6 - The rug.

Page 20

My Head

I must shave my beard.

1					E	Y	E	B	R	O	W
2						T	E	E	T	H	
3							E	A	R		
4					H	A	I	R			
5	F	O	R	E	H	E	A	D			

Page 21

Clothes

I found my shoe under my bed.

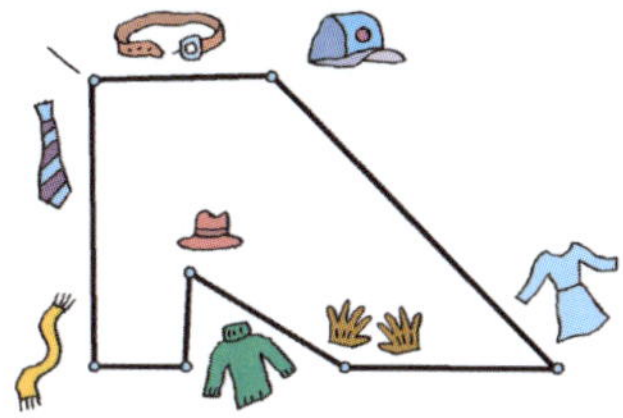

Pages 22-23

Homework

L'élève ne révise pas vraiment,
il tient son livre à l'envers.

Page 24

Special Days

For Red Nose Day, I give money to charities.

Page 25

Bad Grades

In summer school we revise, so that we will go up a class.

U	A	E	G	O	L	S	C	P
S	P	G	E	C	U	A	L	O
C	O	L	P	A	S	G	U	E
G	U	C	S	L	E	O	P	A
E	S	O	A	P	C	L	G	U
A	L	P	U	G	O	E	S	C
O	G	A	L	U	P	C	E	S
P	C	S	O	E	G	U	A	L
L	E	U	C	S	A	P	O	G

Page 26

On the Menu

Can I have the bill please?

						I		
		S				C		
R	O	A	S	T	B	E	E	F
		L				C		
		A				R		
		D				E		
						A		
			S	A	L	M	O	N

Page 27

The Winner

The winner is Nikky.

La première information dit que la gagnante ou le gagnant est plus petit(e) qu'elle : tu peux éliminer la plus grande (2). La deuxième information dit qu'il n'est pas le plus gros : tu élimines le (3). La troisième information dit qu'elle est aussi jolie que sa voisine : tu élimines le garçon (1). La gagnante est moins triste que sa voisine : tu élimines Rita (5).

Page 28

The Clothes Shop

Have you got any red dresses?

No, I haven't.

I have a party tonight, can you buy me these trousers please?

No, you already have some new ones.

Page 29

At the Station

1 - C : My watch says it's only eight o'clock.

2 - D : Where is the ten past eight train?

3 - B : Too late, it's a quarter past eight.

4 - A : The next train is at twenty to nine.

Pages 30-31

Collectors Cars

Le conducteur risque la panne d'essence. Si la voiture consomme 10 litres aux cent, avec un réservoir plein de 30 litres, le chauffeur ne pourra faire que 300 kilomètres. Il faudra refaire le plein pour rouler les 100 kilomètres restants jusqu'à la plage.

Page 32

Sports in the USA

I want to play baseball, I need my bat!

Page 33

At the Cinema

1 - I can eat popcorn.
2 - I can't see the film without my glasses.
3 - Yesterday, I couldn't buy the ticket, I forgot my money.

Page 34

At the Skating Rink

I skate hand in hand with my friend.

Page 35

At the Swimming Pool

I can swim so I can dive.
I'm wet so I'm cold.
I'm cold as I've no towel.

Page 36

At the Picnic

I'm playing tennis with my racket.
He's not eating his sandwiches.
We're swimming with flippers.

Page 37

At the Campsite

I want to put up my tent here.
I would like to help you.
When would you like to light the barbecue?
I told you not to forget the sausages.

Pages 38-39
Wet!
Le seau qui n'avait pas d'eau en case 3 est plein le lendemain. C'est qu'il a plu dans la nuit.

Page 40
Left or Right?
1 - D : Look, we just need to go across the road.
2 - A : Where is the cinema please?
3 - B : Turn left and go straight on.
4 - C : No, turn right and go along the river.

Page 41
A Big Family
Nick is our uncle.

			A	U	N	T				
		S	O	N						
				C	O	U	S	I	N	S
F	A	M	I	L	Y					
		N	I	E	C	E				

Pages 42-43
The Canadian Arctic
1 : There are five Inuits.
2 : Yes, there is.
3 : He has six dogs.
4 : The polar bear is the biggest.
5 : No, there isn't.
6 : The wolf is the smallest.

Page 44
We Speak English
South Africa, New Zealand and India were British colonies.

Page 45
Good Fishing!
Where did you go fishing?
How many fish did you catch?

Pages 46-47
Prehistoric History
Il n'y avait plus de dinosaures à l'époque où les hommes ont peint les grottes de Lascaux.

Page 48
The Lie
Il ment, elle ne lui a pas donné un gâteau : il a une pomme dans la main.

Page 49

The London Eye

The London Eye is amazing.

A	N	T	I	R	E	M	G	Z
Z	R	I	N	G	M	A	T	E
M	E	G	A	Z	T	I	R	N
E	A	Z	T	N	I	R	M	G
R	I	N	Z	M	G	T	E	A
T	G	M	R	E	A	N	Z	I
N	T	E	M	I	Z	G	A	R
G	M	R	E	A	N	Z	I	T
I	Z	A	G	T	R	E	N	M

Page 50

The USA

In Death Valley, temperatures are very hot.

Page 51

My Car

I have to drive on the left.
I must clean my car.

Page 52

Football Match

Kick the ball!
What a good match!
Well done!

Page 53

On the TV

I hate TV series.

1					M	U	S	I	C	A	L
2				C	O	M	E	D	Y		
3		H	O	R	R	O	R				
4			F	I	C	T	I	O	N		
5	T	H	R	I	L	L	E	R			
6		F	A	N	T	A	S	Y			

Pages 54-55

It's Bath Time!

La baignoire est remplie à ras bord. Si l'enfant était entré dans la baignoire, l'eau aurait débordé.

Page 56

A Good Evening

Yesterday, I did my homework.
I watched the TV.
Later, I danced at the party.
And I wanted to sleep, but the party was too noisy.

Page 57

Bicycles

He can't ride his bike, can he?

Her bike is bigger than theirs, isn't it?

He hasn't got a bike, has he?

She has painted her bike red, hasn't she?

Pages 58-59

Tourism in Great Britain

This is the Loch Ness monster.

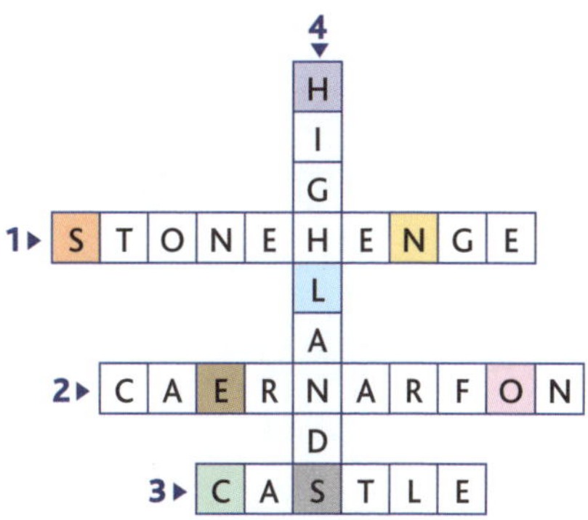

Page 60

True or False?

My grandfather is sixty years old.

Page 61

The Compass

Joey is going to the sweet shop.

Pages 62-63

A Tourist Trap

Le personnage sur le papyrus porte une montre. Ce n'est pas possible ! C'est donc un faux document.

Page 64

My Week

3 -Wednesday, I eat at the fast food restaurant.

2 - Tuesday, I go to the gym.

1 - Monday, I go horse riding.

4 - Thursday, I play tennis.

6 - Saturday, I visit my grandmother.

5 - Friday, I watch a film.

7 - Sunday, I cook with my sister.

Page 65

Holidays

Will we go on holiday this summer?

Yes, and we will also go skiing in the winter!

Page 66
Head in the Clouds
I won't ever forget my backpack. And you won't ever forget your coat either?

Page 67
Activities
I'm going to a party this afternoon.
I'm going to cook this afternoon.
I'm going fishing with my uncle at 3 o'clock.
I'm going to play baseball after breakfast.

Page 68
How are You?
I'm sad, I need it but it's broken.
I'm happy because it's my birthday.

Page 69
Books
Roald Dahl wrote *Charlie and the Chocolate Factory*.

Pages 70-71
Australian Animals
I took a selfie with a koala bear.

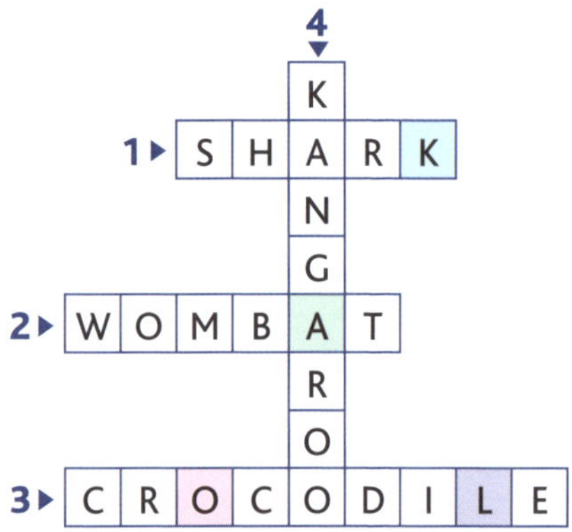